De la même Autrice :

Romans grands caractères en **Police 18** :

- Le Mas des Oliviers, *BoD*, 2022
- Le cadeau d'Anniversaire, *BoD*, 2022
- Autour d'un feu de cheminée, *BoD*, 2022
- En cherchant ma route, *BoD*, 2022
- Le hameau des fougères, *BoD*, 2022
- La fugue d'Émilie, *BoD*, 2022
- Un brin de muguet, *BoD*, 2022
- Le temps des cerises, *BoD*, 2022
- Une Plume de Colombe, *BoD*, 2022
- La dame au chat, *BoD*, 2022
- Un secret, *BoD*, 2022
- La conférencière, *BoD*, 2022
- L'étudiant, *BoD*, 2022
- Un week-end en chambre d'hôtes, *BoD*, 2022
- L'héritière, *BoD*, 2022
- On a changé de patron, *BoD*, 2022
- Un automne décisif, *BoD*, 2022
- Disparition volontaire, *BoD*, 2022

***

Romans grands caractères en **Police 14** :

- BERTILLE L'Amour n'a pas d'âge, *BoD*, 2021
- BERTILLE Les Candélabres en Porphyre, *BoD*, 2020
- BERTILLE, Les lilas ont fleuri, roman, *BoD*, 2019
(d'autres parutions à venir... voir le site de l'autrice)

Romans et livres **Police 12** :

- **La Douceur de vivre en Roannais**, roman, *BoD, 2018*
- **Une plume de Colombe**, nouvelles, *BoD, 2017*
- **New York, en souvenir d'Émile**, roman, *BoD, 2017*
- **Croisière sur le Queen Mary II**, roman *BoD, 2016*
- **La Villa aux Oiseaux**, roman, *BoD, 2015*
- **La Retraite Spirituelle**, roman, *BoD, 2015*
- **Recueil de (Bonnes) Nouvelles**, *BoD, 2014*

***

Aventures Jeunesse (9-14 ans) :

- **Farid, la Trilogie**, *BoD, 2014*
- **Farid et le mystère des falaises de Cassis**, *BoD, 2009*
- **Farid au Canada**, *BoD, 2009*
- **Farid et les secrets de l'Auvergne**, *BoD, 2009*

***

Thriller religieux :
- **In manus tuas Domine...**, *BoD, 2009*

Site de l'auteure : www.isabelledesbenoit.fr

© Isabelle Desbenoit, 2022
Édition : BoD – Books on Demand, info@bod.fr
Impression : BoD – Books on Demand, In de Tarpen 42, Norderstedt (Allemagne)
Impression à la demande
ISBN : 978-2-3223-9309-1
Dépôt légal : mai 2022
Tous droits réservés pour tous pays

AUTOUR D'UN FEU DE CHEMINÉE...

Isabelle Desbenoit

Mado boucla sa valise. Elle partait le lendemain de bonne heure avec ses deux meilleures amies pour passer quinze jours à la montagne. Toutes trois étaient retraitées et vivaient seules. Mado était veuve, Jeanne ne s'était jamais mariée et Angélique, la cadette avec ses soixante et un ans, était divorcée depuis quelques années.

Les trois amies aimaient ce séjour, chaque hiver dans un village de montagne différent, où elles faisaient du ski de fond, de grandes balades en raquettes ou des visites culturelles, selon le temps. Cette année, elles avaient loué un chalet chez un propriétaire privé qui en possédait trois. Il se situait sur un terrain très isolé en bordure de forêt, quelque part sur le plateau du massif du Vercors.

On emportait les cartes, les tricots ou les canevas et de bons livres, on partait avec le coffre rempli de provisions pour tout le séjour. Ainsi, il n'y avait qu'à acheter sur place la nourriture périssable. C'était toujours Mado qui s'occupait de la réservation et du budget, tandis qu'Angélique préparait la nourriture et Jeanne le matériel. Cela faisait quatre ans déjà qu'elles partaient ainsi en janvier, en dehors des vacances scolaires. Les prix étaient plus raisonnables et les petites stations de ski de fond qu'elles choisissaient, beaucoup moins fréquentées.

Bien sûr, il fallait quelquefois un peu se bousculer pour sortir du cocon douillet et bien chauffé de leurs appartements. Mais, une fois devant la beauté intemporelle des forêts enneigées, des fiers sapins tout emmitouflés de leurs manteaux blancs éclairés par un soleil rasant qui faisait scintiller ces grands espaces, elles oubliaient vite leur confort citadin. Quel plaisir de parcourir à foulées régulières un paysage toujours nouveau et si beau ! Et si d'aventure, quelques jours de mauvais temps ou de brouillard se profilaient à l'horizon, le programme s'adaptait : on cuisinait, on visitait des églises ou la ville voisine, on allait au cinéma...

Le plaisir d'être ensemble restait intact. Chacune avait son caractère, ses petites manies, mais le respect et la bonne humeur venaient à bout des inévitables frictions de la vie en commun. Et puis, elles se connaissaient si bien toutes les trois ! Et l'affection qui les liait était indéfectible.

Mado écrivit une dernière liste des choses qu'elle devait faire avant de partir et se coucha. Cette année, c'était sa voiture que l'on prendrait pour grimper vers les cimes...

Le lendemain, la petite troupe effectua le voyage sans encombre. Il n'y avait presque personne sur l'autoroute et, ensuite, les chaussées étaient suffisamment dégagées jusqu'au village. Puis, on emprunta un chemin de terre déneigé tant bien que mal, sans doute par un tracteur et il fallut rouler encore environ quatre kilomètres pour arriver au chalet.

Un grand pré enneigé coupé au milieu par un étroit chemin desservait les trois refuges d'hiver, tous construits à l'identique et distants d'environ cent mètres les uns des autres. Le propriétaire les attendait, il venait juste d'arriver au volant de son 4 × 4.

— Bonjour Monsieur ! lança Mado en descendant de la voiture, dites donc, vos chalets sont bien cachés ! Heureusement que ce chemin qui y mène est à peu près plat car je ne sais pas si ma voiture aurait pu arriver jusque-là, sinon !

— Ne vous inquiétez pas Madame, je fais dégager le chemin régulièrement et, en cas de tempête de neige, je viendrai vous ravitailler en 4 × 4 ! s'exclama le propriétaire en éclatant de rire. Mais ce n'est pas très fréquent, rassurez-vous, ajouta-t-il.

— Les autres chalets sont loués ? demanda Angélique après que l'aimable propriétaire les eut fait entrer dans la salle commune.

— Oui, vous ne serez pas seules ici, le chalet d'à côté est loué par des randonneurs et celui qui est le plus loin est occupé par des jeunes d'une association de protection de la nature, expliqua l'homme. Mais, laissez-moi vous montrer votre demeure, poursuivit-il : cette grande salle fait environ trente mètres carrés, sans compter le coin cuisine, vous y serez à l'aise. Pour la cheminée, le bois est stocké derrière dans un appentis, n'hésitez pas à faire du feu quand vous êtes au chalet car ainsi les radiateurs électriques seront moins sollicités et la cheminée chauffe aussi les chambres grâce à des conduits.

— Voici les trois chambres dans ce couloir et la salle de bains tout au fond, poursuivit-il. Je vous laisse mon numéro de téléphone en cas de besoin, n'hésitez pas à m'appeler, j'habite au village.

Il continua ses explications pendant quelques minutes puis s'excusa :

— Je suis désolé mais il faut que je vous laisse maintenant, je dois aller chercher ma fille à l'école à quatre heures et demie, cela vous convient-il ?

— C'est parfait, répondit Jeanne, cette ambiance bois, ces coussins écrus et marron en laine assortis aux rideaux, cela donne une atmosphère merveilleuse, je suis sûre que nous allons nous plaire ici.

— Merci chère Madame, c'est ma femme qui a tout décoré et je ne manquerai pas de lui rapporter votre compliment, assura l'homme ravi en prenant congé. Bon séjour Mesdames !

La soirée passa vite : il fallait faire les lits, déballer les victuailles, les sacs de vêtements ; bref, s'installer confortablement pour la quinzaine. Jeanne se chargea d'allumer la cheminée tandis que Mado préparait le repas du soir et qu'Angélique téléphonait à ses enfants afin de leur assurer qu'elles étaient bien arrivées à bon port. Heureusement, le réseau téléphonique passait mais il fallait se mettre à un endroit bien précis et n'en pas bouger. En l'occurrence… debout sur le canapé ! Le propriétaire, habitué à la soif de communication des vacanciers d'aujourd'hui, leur avait bien indiqué ce détail de la plus haute importance, si l'on peut dire. Il savait que ses hôtes appréciaient l'isolement mais à condition de pouvoir joindre « leur tribu » !

Fatiguées par la route, les trois retraitées dînèrent tôt et, après avoir échangé un moment, assises dans les fauteuils du salon devant la cheminée, elles se retirèrent dans leurs chambres respectives pour se reposer.

Le lendemain, Jeanne se leva la première, il faisait encore nuit. Elle avait à cœur d'allumer le feu et de préparer un bon petit-déjeuner à ses deux amies. Jeanne aimait faire plaisir, se dévouer pour les autres, c'était sa joie. Après une vie professionnelle bien remplie en tant qu'assistante sociale, elle s'occupait bénévolement de personnes âgées isolées, organisait pour elles des rencontres, des activités et des moments de détente. Imaginative et inventive, elle ne s'ennuyait pas une seule seconde et appréciait d'avoir ses soirées afin de pouvoir lire ou regarder la télévision.

Pour l'heure, elle beurra les tartines, ouvrit deux pots de confiture maison à la fraise et à la myrtille, pressa trois oranges et prépara un café pas trop fort pour Mado, un chocolat chaud pour Angélique et un thé à la bergamote pour elle-même.

— Bonjour Jeanne ! salua Mado qui sortait de la salle de bains vêtue d'un chandail en jacquard bleu et d'un fuseau de ski noir, bien dormi ?

— Oui, très bien, je n'ai fait qu'un somme ! s'exclama son amie. Elles furent bientôt rejointes par Angélique, la moins matinale du trio.

À dix heures, toutes trois étaient prêtes pour la première randonnée du séjour, elles avaient hâte de découvrir leur nouvel environnement. En sortant, elles remarquèrent que les voisins randonneurs d'à côté devaient être partis depuis longtemps mais que les volets du chalet des jeunes étaient encore fermés. Ils devaient sans doute faire la grasse matinée...

On s'enfonça dans la forêt tandis que le soleil perçait et

trouait les arbres de ses rayons changeants en jouant avec les nuages. Mado dégainait souvent son appareil photo, Angélique chantonnait pour exprimer son bonheur et Jeanne, silencieuse, ne se lassait pas de contempler la nature sauvage. Toutes trois étaient si heureuses, les vacances commençaient vraiment sous les meilleurs auspices.

Vers midi, le chemin qui montait sec depuis une demi-heure, déboucha sur une crête. Les trois amies décidèrent de descendre un peu du côté sud afin de faire une halte à l'abri du vent et de se restaurer. Mado, tout en avalant son sandwich, sortit sa paire de jumelles et entreprit d'observer les montagnes alentour, espérant y surprendre quelques animaux sauvages. Elle remarqua une cabane sur l'autre versant, presque invisible entre les arbres mais malheureusement ne vit aucun animal.

Après cette halte revigorante, on reprit la promenade par la forêt et vers seize heures, les retraitées retrouvèrent leur nid douillet. Une douche bien chaude que l'on prenait plaisir à prolonger un peu, un bon feu de cheminée et une partie de canasta remplirent agréablement la soirée.

La première semaine se passa très bien, le temps était de la partie, chaque jour on découvrait un nouveau parcours, les visages fouettés par le vent et le soleil commençaient à prendre de belles couleurs, quand bien même on les protégeait avec des crèmes solaires.

À la fin du week-end, il était environ dix heures du soir, on frappa à la porte du chalet.

— Bonjour, excusez-moi de vous déranger, dit un homme

d'une soixantaine d'années en enlevant son bonnet, je suis Jean-François. Nous sommes dans le chalet d'à côté avec ma sœur et mon beau-frère.

— Entrez vite au chaud ! s'exclama Angélique. Et soyez le bienvenu.

— Je venais vous prévenir car la météo annonce une tempête de neige pour demain et de grosses rafales de vent, poursuivit Jean-François. Il ne faudra sortir sous aucun prétexte.

— Merci beaucoup Monsieur, c'est vrai que nous n'avons pas vraiment écouté les nouvelles durant ce séjour et nous regardons le temps qu'il fait le matin avant de partir, expliqua Mado.

— Oh ! Appelez-moi Jean-François et non Monsieur ! rétorqua vivement le voisin. Nous nous demandions si vous ne pourriez pas venir demain midi manger une raclette avec nous, s'enquit-il, puisque de toute façon, nous serons tous bouclés dans nos chalets...

Les trois amies trouvèrent l'idée excellente et rendez-vous fut pris pour le lendemain midi.

— Ce qui m'inquiète surtout, poursuivit le randonneur, c'est que les quatre jeunes du chalet d'à côté sont partis depuis hier, j'espère qu'ils reviendront demain matin à temps, ils font des relevés d'empreintes d'animaux et donc, ils bivouaquent souvent une nuit ou deux en montagne dans des cabanes. Espérons qu'ils ont pris le soin d'appeler Météo-France, sinon...

— Nous le souhaitons aussi vivement, répondit Jeanne, c'est donc pour cela que nous voyions les volets fermés quand nous partions le matin, nous croyions qu'ils faisaient la grasse matinée !

Le lendemain vers midi, alors que le vent soufflait déjà en rafales et que la poudreuse se soulevait, rendant impossible une vision à plus d'un mètre, Mado, Angélique et Jeanne réussirent à atteindre le chalet voisin. Jean-François était venu les chercher avec sa lampe frontale éclairant un peu la trace qu'il avait faite. Jeanne tenait l'homme par le bras de toutes ses forces, Mado agrippait la main de Jeanne et Angélique suivait en s'arc-boutant contre le vent. Les cent mètres à faire leur parurent interminables et le plaisir de se retrouver au chaud et au sec dans le chalet n'en fut que plus grand.

On fit les présentations après s'être débarrassés des anoraks, écharpes et autres passe-montagnes. Le frère et la belle-sœur de Jean-François semblaient d'environ une dizaine d'années plus jeunes que lui. Tous trois mordus de randonnée et de ski de fond venaient chaque année dans ce chalet pour assouvir leur passion.

Guy et Violaine étaient sympathiques et volubiles, Jean-François semblait le plus réservé. On s'attabla et la raclette fut appréciée à sa juste valeur par ce temps, quand bien même l'on dut se serrer un peu pour que tous puissent tenir autour de la table.

— Les jeunes du chalet sont-ils revenus ? demanda soudain

Jeanne, inquiète, à Jean-François qui était placé à sa droite.

— Non, je ne crois pas... Je suis allé tambouriner à la porte vers onze heures, il n'y avait personne, répondit son voisin, j'espère vraiment qu'ils sont à l'abri quelque part dans une cabane... J'ai appelé le propriétaire, lui non plus n'avait pas de nouvelles, conclut-il en fronçant les sourcils.

Malgré cette inquiétude et le bruit du vent qui soufflait en rafales et faisait gémir le bois de la charpente du chalet, l'après-midi passa agréablement autour de plusieurs parties de Scrabble. Il était bientôt vingt heures et l'on avait décidé de préparer une bonne soupe à l'oignon quand la sonnerie du portable de Guy retentit soudain, il l'avait laissé à l'endroit précis où les ondes passaient assez bien.

— Allô, oui ? décrocha Guy, qui est à l'appareil ?

La conversation passait très mal et l'interlocuteur dut rappeler plusieurs fois pour établir une liaison très hachée. Voici ce que Guy comprit :

— Ici la gendarmerie, le propriétaire nous a donné votre numéro de téléphone, il est à côté de nous. La nuit s'annonce terrible avec des rafales de vent et énormément de neige. Vu que votre chalet est le plus ancien et que les poutres du toit devaient être changées cette année, il est venu nous prévenir qu'il s'inquiétait pour vous. Il préférerait que vous demandiez asile au chalet d'à côté qui est tout neuf, c'est plus sûr. Imaginez qu'une poutre cède et que le toit vous tombe dessus en plein sommeil... S'il neige autant, ce n'est pas habituel... Il vous fait dire qu'il y a trois retraitées dans le chalet de gauche et que...

— Je vous arrête tout de suite, expliqua Guy, elles sont avec nous, nous avons passé l'après-midi ensemble, êtes-vous certain que c'est dangereux pour nous ? interrogea l'homme.

— Oui, nous le pensons vraiment, ne prenez aucun risque surtout et revenez tous le plus vite possible dans le chalet neuf.

— Et les jeunes du troisième chalet ? demanda Guy. Nous ne les avons pas vus, ils ne sont visiblement pas là, sont-ils en sécurité ?

— Nous n'avons aucune nouvelle d'eux, leur numéro de portable ne répond pas, expliqua le gendarme. Nous sommes inquiets évidemment, mais que faire par ce temps ? Il n'y a plus qu'à espérer qu'ils ne soient pas dehors !

— Merci beaucoup Monsieur, nous allons faire ce que vous nous demandez et nous vous rappellerons demain pour vous dire... La liaison coupa de nouveau et Guy jugea inutile de rappeler cette fois-ci.

Ce tournant vers les cinq autres qui attendaient avec un brin d'anxiété de savoir ce qui se passait, il les mit rapidement au courant. Du coup, les craquements des poutres devinrent sur-le-champ suspects et angoissants.

On prit les sacs à dos pour y mettre de la nourriture, des

couvertures et les affaires de toilettes, on s'habilla rapidement et on entreprit de sortir. Il fallut pelleter la neige qui s'était accumulée derrière la porte et Guy mit une bonne demi-heure à faire un semblant de trace pour arriver jusqu'au chalet voisin. La peur gagnait la petite troupe qui n'avait qu'une envie : regagner le chalet neuf au plus vite. Le gémissement des poutres leur semblait soudain de plus en plus fort et l'on se demandait maintenant à chaque minute si elles allaient résister longtemps...

Enfin, vers vingt et une heures, l'on se réfugia dans le bon chalet, celui censé résister à cette accumulation de neige. C'était Jeanne qui avait eu le plus peur, elle était blanche comme un linge. Les autres la firent asseoir sur le canapé et pendant que Mado lui préparait une tisane calmante, que Guy et Violaine s'occupaient du feu et qu'Angélique mettait le souper en route, Jean-François proposa de lui faire un petit massage des épaules pour qu'elle puisse se détendre. Très prévenant et à l'écoute, le jeune retraité se sentait si proche de cette nouvelle amie, douce et belle. Il avait tellement envie de faire quelque chose pour qu'elle se sente mieux ! Jeanne se détendit, peu à peu réconfortée par les mains de Jean-François et sa voix qui lui parlait doucement afin de l'apaiser, comme on l'aurait fait pour un enfant réveillé par un cauchemar.

— Ça va aller Jeanne, détendez-vous maintenant, nous sommes avec vous, il ne vous arrivera rien, respirez bien, soufflait Jean-François en la massant doucement.

Jeanne, touchée par tant de délicatesse, sentit les larmes couler sur ses joues, la tension accumulée se relâchait, elle se trouvait si bien en compagnie de ce nouvel ami. Elle se blottit contre sa poitrine et tout en sanglotant s'agrippa à lui comme une naufragée à son sauveteur. Jean-François sentait son cœur cogner furieusement dans sa poitrine, il était infiniment heureux et en même temps un peu gêné. Il n'avait pas l'habitude de prendre une femme dans ses bras, lui, le célibataire endurci et... qui plus est devant témoin ! Il avait proposé ce massage comme sorti de lui-même, lui d'ordinaire si réservé... Finalement, personne ne semblait trop choqué et chacun vaquait à ses occupations sans trop leur prêter attention.

Quant à Jeanne, une fois qu'elle eut repris un peu contenance, elle fut aussi très gênée et honteuse de s'être comportée ainsi et se leva en disant d'une voix qu'elle voulait la plus normale possible :

— Merci Jean-François, cela va mieux, je vais aider Angélique à mettre la table...

— Merci pour la tisane Mado, dit-elle en apercevant la tasse que son amie avait posée discrètement sur le coin de la table.

La soupe à l'oignon réconforta tout le monde, on se serra autour de la table et l'on dégusta aussi des tranches de pâté de pays accompagnées d'un verre de cidre.

En dessert, on apprécia des oranges, des bananes et biscuits sablés. Personne n'avait envie d'aller dormir en ces circonstances chacun préférait rester à bavarder avec les autres. Mais vers minuit, la fatigue gagnant, on se décida à organiser les couchages.

Guy et Violaine prendraient la chambre de Jeanne qui possédait un lit à deux places et celle-ci coucherait dans celle de Mado où l'un des deux lits jumeaux était inoccupé. Jeanne était contente de ne pas être seule dans sa chambre : même si elle s'était remise, elle restait anxieuse. Enfin, Jean-François occuperait le canapé avec ses coussins moelleux.

Personne ne dormit vraiment sur ses deux oreilles, cette nuit-là. Tout juste sommeilla-t-on un peu. Le bruit du vent qui soufflait en rafales, les craquements du bois et l'inquiétude de découvrir la quantité de neige qui serait tombée quand l'aube se lèverait n'encourageaient pas à un sommeil profond et réparateur.

Quand enfin le jour pointa son nez, les naufragés de la neige découvrirent que celle-ci était tombée très abondamment, plus d'un mètre en plus de la couche ancienne... Les hommes se mirent immédiatement après le petit-déjeuner à tenter de pelleter et de dégager au mieux l'entrée du chalet jusqu'au chemin, qui disparaissait presque totalement.

Heureusement, les grands piquets plantés sur son bord donnaient bien l'indication de son emplacement. Quant à aller jusqu'aux voitures, il ne fallait même pas y songer... Attendre que le propriétaire puisse venir déblayer par un moyen ou un autre était la seule solution.

Le chalet d'à côté ne s'était finalement pas écroulé mais la couche de neige qui le recouvrait n'incitait pas du tout à y remettre les pieds. Dans la journée, Guy et Jean-François s'y risquèrent rapidement, ayant dégagé une trace étroite pour prendre les affaires et la nourriture qui restaient puis ils revinrent vite dans le chalet neuf. Celui des jeunes était toujours endormi et désert.

Mais où pouvaient-ils être ? La gendarmerie avait appelé, les recherches ne commenceraient que le lendemain par hélicoptère vu la couche nuageuse qui empêchait toute reconnaissance.

Vers midi, le téléphone de Guy qui avait été suspendu avec une corde à une poutre au-dessus du canapé pour être en état de réception, sonna et Angélique qui était la plus près, se précipita pour répondre en grimpant vite sur le lit de Jean-François sans même prendre le temps d'ôter ses chaussons tant elle avait peur de manquer l'appel.

— Allô, ici Monsieur Larmont, votre propriétaire, tout va bien ? demanda-t-il d'une voix inquiète.

— Oui, ne vous inquiétez pas,

nous sommes en sécurité dans notre chalet tous ensemble, répondit Angélique, rassurante.

— Je suis désolée mais pour le déneigement du chemin, cela va prendre deux ou trois jours car il faut déjà que la voirie s'occupe des chemins du village et que le chasse-neige passe ensuite car le tracteur ne pourra rien dégager avec cette hauteur de neige, avez-vous des vivres en suffisance ?

— Oui, je pense que cela devrait aller, avez-vous des nouvelles des jeunes ? insista-t-elle bien que la gendarmerie ait déjà expliqué la situation.

— Malheureusement non... et nous sommes très inquiets pour eux, nous attendons qu'un hélico puisse décoller dès que le temps le permettra, conclut-il.

Monsieur Larmont promit de les rappeler le lendemain et leur recommanda de bien rester dans le chalet et de ne prendre aucun risque. Les six naufragés des neiges s'organisèrent au mieux pour tuer le temps, tout en ayant eu soin de recharger leurs provisions de bois en l'entreposant dans l'entrée. Lire, discuter, faire la cuisine, jouer aux cartes ou au Scrabble, voilà quel était le programme. Cependant, Jeanne et Jean-François, désireux de parler un peu entre eux, se retirèrent dans la chambre de Mado. Ces deux-là appréciaient beaucoup cette retraite forcée qui leur donnait l'occasion de mieux se connaître. Ils prirent plaisir à se raconter leurs vies profession-nelles respectives, leurs passions et la manière dont ils organisaient leur retraite. Ils s'aperçurent qu'ils habitaient seulement à quarante kilomètres l'un de l'autre et commencèrent à faire des projets pour se rencontrer et découvrir le chez-soi de l'autre. Une amitié amoureuse naissait tout en douceur, insensiblement, comme si cela avait été prévu d'avance par une Providence attentive.

Pour les autres, le temps parut bien sûr un peu plus long mais quand, au soir du deuxième jour, ils entendirent le bruit du chasse-neige, tous se précipitèrent, soulagés de pouvoir enfin être de nouveau reliés avec le monde. Les phares éclairèrent le chalet et Monsieur Larmont sauta à terre, il était au côté du chauffeur.

— Ah ! Vous voilà tous en bonne santé ! Je suis bien soulagé, avoua-t-il, savez-vous que les jeunes ont été retrouvés sains et saufs ? Ils n'avaient plus de nourriture mais avaient pu trouver refuge dans la cabane que l'on aperçoit sur le versant nord quand on est sur la crête. À leur âge, ils sont résistants, plus de peur que de mal donc, mais nous avons été bien inquiets quand même, expliqua-t-il. Je vous dois des excuses pour le chalet au toit vermoulu... Cela vous a obligés à vous serrer dans celui-là... je suis désolée et je vous dédommagerai évidemment, poursuivit-il.

— Ne vous en faites surtout pas ! le rassura Jean-François. Cela nous a permis de faire connaissance et ce n'est vraiment pas pour nous déplaire, fit-il en adressant un discret coup d'œil complice à Jeanne.

Les voitures furent dégagées et tractées sur la route pour être prêtes à partir le lendemain et pour la dernière nuit, Jeanne resta longtemps au coin du feu, blottie sur les coussins pour tenir compagnie à Jean-François, ils avaient tant de choses à se murmurer en contemplant la douceur orangée du feu de cheminée...

Vous avez aimé ce roman ? Vous aimerez...